Orejas Paradas
Orejas Caídas

El viaje de un perro, rumbo a su hogar

MW01124210

Ralph da Costa Nunez

con Margaret Menghini
Traducción de Sandy Juarez

Título original: *Ears Up, Ears Down*
Traducción: Sandy Juarez

Copyright ©2015 Institute for Children, Poverty, and Homelessness
New York, NY

Diseño del libro por Alice Fisk MacKenzie

ISBN # 978-0-9825533-5-0

Publicado en los Estados Unidos por:
White Tiger Press
50 Cooper Square
New York, NY 10003
212.358.8086

Imprimido en Los Estados Unidos de América

Introducción

Orejas Paradas, Orejas Caídas es el sexto volumen en nuestra serie
continua de libros para niños que tratan el tema de las familias
sin hogar. Escrito bajo la sombra de la Gran Recesión, y con una
de las tasas de pobreza más alta de nuestros tiempos, ésta es la
historia de un perro curioso llamado Orejas Paradas, Orejas Caídas
qué se encuentra sin hogar por primera vez.

Los lectores siguen su viaje, y aprenden, como él, las razones por las
cual las personas se quedan sin hogar. Los hombres, mujeres y niños
que conoce Orejas Paradas, Orejas Caídas también le ayudan a considerar
las emociones que las personas sienten cuando se quedan sin hogar.
Al concluir nuestra historia, *Orejas Paradas, Orejas Caídas* hace resaltar
la mejor parte de nuestra sociedad: la bondad y generosidad de la
comunidad, que trabaja junta para ayudar a los necesitados.

Es nuestra esperanza que *Orejas Paradas, Orejas Caídas* sirva como una
herramienta para animar conversaciones entre maestros, padres e hijos,
y para llamar la atención a uno de los temas más importantes que nuestro
país enfrenta.

Leonard N. Stern
Fundador/Presidente
Homes for the Homeless
Ciudad de Nueva York

¡Hola!

Me llamo Orejas Paradas, Orejas Caídas.

Les voy a contar un cuento. Se trata de un viaje que tomé, las lecciones que aprendí, y cómo conseguí mi nombre.

3

Desde que era cachorro, vivía y trabajaba en
el deshuesadero Jim's Junkyard. Un deshuesadero
es un lugar donde se colecta y guarda cosas
desechadas. Jim era el dueño.

Yo era el perro guardián en el deshuesadero y
trabajar ahí me hacía muy alegre. Así fue cómo
conseguí mi nombre Orejas Paradas. Cuando
estoy alegre mis orejas se disparan hacia el cielo.
Siempre me alegraba trabajar en Jim's Junkyard.

CASA DE PERRO

Una mañana oí unos golpes fuertes. Un señor estaba clavando un letrero en las rejas. Decía "FORECLOSED."

"¿Qué quiere decir 'foreclosed'?" ladré.

"Se va a cerrar el deshuesadero. Necesitamos encontrar un nuevo trabajo y hogar," dijo Jim.

Trabajamos juntos por 10 años, pero había llegado el final. En ese momento mis grandes orejas paradas se cayeron.

Estaba muy triste.

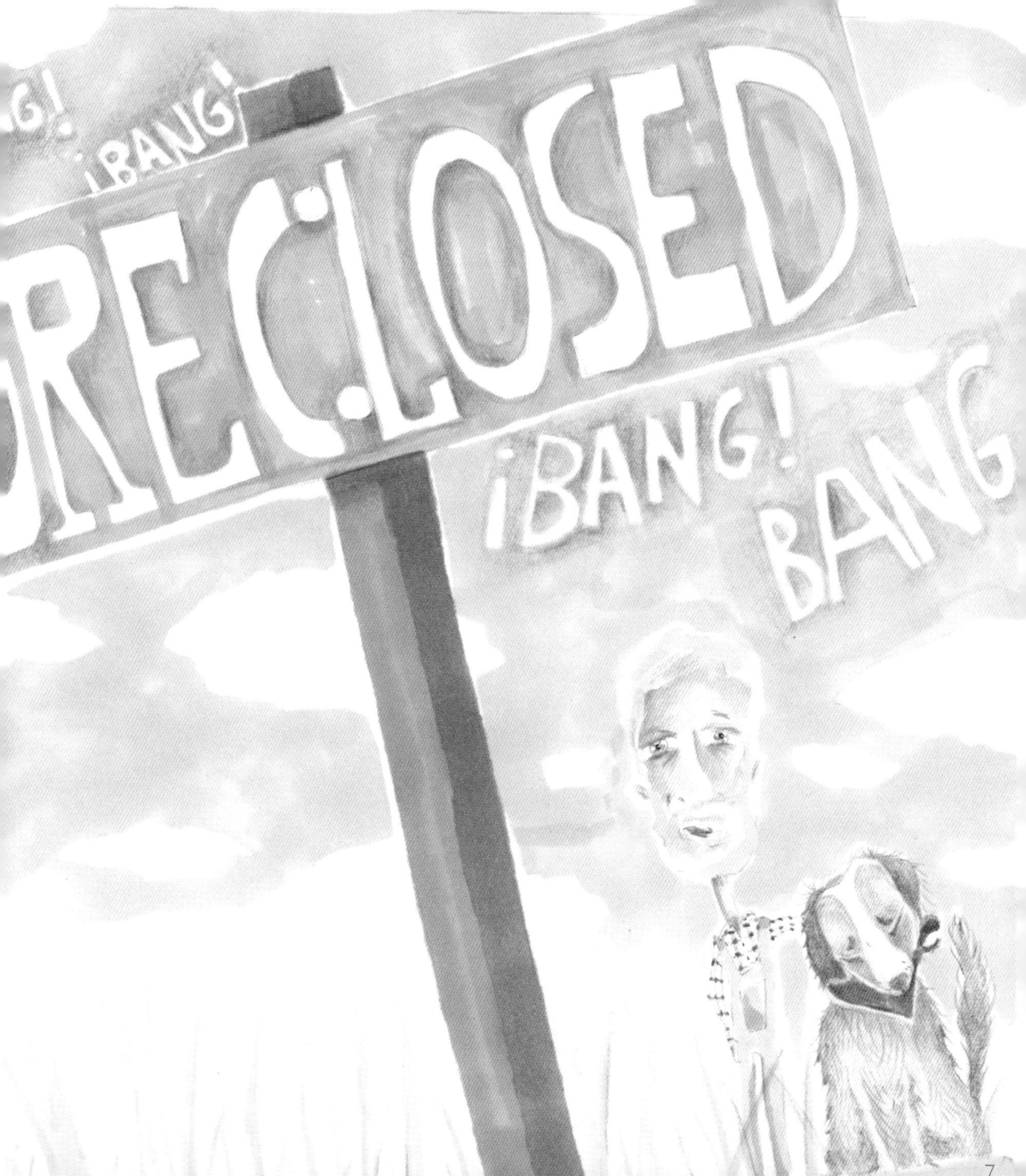
¡BANG!
RECLOSED
¡BANG!
BANG

Así que la próxima mañana empaque
mis cosas, me despedí de Jim, y me
fui por mi camino.

"¿Ahora qué?" Pensé.

Estaba tan triste. Mis orejas me colgaban
muy bajo.

Caminé hora tras hora, y estaba oscureciendo.
Me acosté debajo de un rótulo. Volteé a ver
las estrellas, me acorde de mi casita de perro
y de cuanto extrañaba el deshuesadero.

No tarde mucho en dormirme.

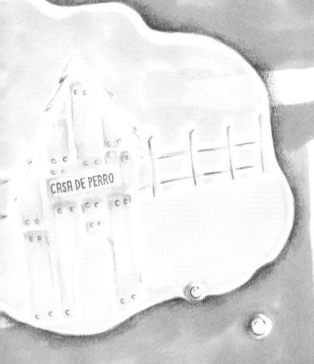

CASA DE PERRO

ALBUQUERQUE 200
TUCSON 35
FORT WORTH 550

El día siguiente salí en busca de un nuevo
trabajo y hogar. La carretera era larga.
Cada vez que pasaba un carro, me sentaba,
movía la cola, y aleteaba mis orejas.
Esperaba que alguien parara a recogerme.

Pero nadie lo hizo.

Ya en la tarde llegue a una parada
de descanso. Al caminar me topé con
un niño y una niña sentados junto a
un carro verde.

Ladré "¿Cómo se llaman?"

"Yo soy Brian," y "Yo soy Emily."

"¿Cómo te llamas?"

"Yo soy Orejas Paradas."

"¿Orejas Paradas? Pero tus orejas están caídas," dijo Brian.

"Lo sé. Es porque ando triste. Cuando ando triste se me caen las orejas."

"¿Andas perdido?" pregunto Brian.

"No. Busco nuevo hogar y trabajo. ¿Donde viven?"

"En este carro," dijo Emily, apuntándole al carro.

"Pero los carros no son para vivir en ellos. Son para manejarlos," ladré.

"Dormimos y comemos en nuestro carro. Es nuestro hogar," respondió Brian.

"¿Quieres decir que no tienes tu propio cuarto o patio en donde jugar?" pregunte.

"Antes sí," dijo Brian, "pero nuestro papá perdió su trabajo y nos quitaron la casa."

"¡Guau!" pensé. "¡Yo también perdí mi trabajo y mi hogar!"

"Entonces eres un sin hogar como nosotros," dijo Emily.

"¿Un sin hogar? ¿Qué es eso?" pregunte.

"Ser alguien sin hogar es cuando no tienes donde vivir, estas sin hogar propio," dijo Emily. "A veces vives en un cuarto con otras familias. A veces vives en un carro como nosotros. Y la mayoría del tiempo solo te sientes triste."

Me acosté. Se me caían tanto las orejas que tocaban el suelo.

Luego Brian dijo, "Supongo que ahora te debemos llamar 'Orejas Caídas'."

Y así fue cómo conseguí mi otro nombre, Orejas Caídas.

Esa noche dormí al lado del carro en donde Emily, Brian, y sus padres vivían.

El día siguiente salimos juntos.

Después de pocas horas llegamos a un campamento. Era muy grande con muchas tiendas de campaña y gente que vivía en ellas. Todos tenían un cuento que contar.

Conocí a Keith, un carpintero, que no tenía trabajo porque no se estaban construyendo casas.

Conocí al Señor Walker, un banquero, cuyo banco había cerrado.

Y conocí a Doña Robinson, una cocinera, cuyo restaurante había cerrado.

Ellos también habían perdido su hogar.

Dormí en el campamento esa noche.
Miraba hacia la luna mientras me
empezaba a dormir y me pregunte,
"¿Por qué será que hay tanta gente
sin hogar, viviendo en tiendas de
campaña y carros? No es justo."

Se me cayeron más las orejas.

Al despertar al día siguiente, podía oler comida. ¡Los perros son muy buenos para eso! Y ahí estaba, un van grande y azul, con ventanas, y gente formada en una fila.

"¿Qué está pasando?" Pregunte.

"Es el van del desayuno. Llega al campamento cada día para darle a todos un desayuno saludable," dijo Doña Robinson.

"¿Cree que le darían de comer a un perro?" pregunte.

"¿Por qué no?" respondió.

Y muy pronto estaba comiendo un plato grande de comida crujiente para perros.

Cuando terminé fui a visitar al van y fuertemente ladré "¡Gracias!"

Doña Grace, quien trabaja en la van, dijo,
"Qué perro tan amable."

"¿Dónde está tu collar y tu plaquita de
identificación?"

"No la tengo porque no tengo hogar.
Mi nombre es Orejas Caídas. ¿Ve qué
tan caídas están mis orejas?"

Se quedó pensando por un minuto y dijo, "¿Te gustaría trabajar conmigo? La mayoría de las persona a quienes servimos están tristes y creo que tú los podrías alegrar dejándolos que te acaricien y te agarren la pata."

Mi cola empezó a menearse. ¡Un nuevo hogar y trabajo!

Ladré "¡Sí! ¡Sí! ¡Sí!"

Mis orejas se dispararon hacia el cielo.

Esa tarde Doña Grace me llevo a la tienda para conseguirme un nuevo collar y plaquita de identificación. Cuando el señor me preguntó cuál nombre quería en la plaquita, ladré, "Orejas Paradas, Orejas Caídas."

Ahora estoy feliz porque tengo nuevo hogar y trabajo. Me va ayudar a las personas cada día, entonces se me paran las orejas. He conocido a personas que no tienen su propio hogar, algo que me causa tristeza, y hace que mis orejas me cuelguen.

Así qué de ahora en adelante mi nombre es Orejas Paradas, Orejas Caídas. Cuando la gente me pregunte por qué tengo un nombre tan raro, les contaré mi historia (igual cómo se las conté) y lo que aprendí sobre ser un sin hogar. Hasta que no quede ninguna persona o animal sin hogar, mis orejas se quedarán medio paradas, medio caídas.

Fin.

OREJAS PARADAS, OREJAS CAÍDAS

White Tiger Press

www.whitetigerpress.org

ICPH
—— USA ——
Institute for
Children, Poverty
& Homelessness

www.ICPHusa.org

Homes for the
Homeless
It Takes a Community to End Homelessness

www.hfhnyc.org

Todos los libros para niños publicados por White Tiger Press son el resultado de una colaboración entre tres organizaciones: White Tiger Press, Institute for Children, Poverty, and Homelessness, y Homes for the Homeless.